MI CAMITA

J. S. Pinillos

Ilustraciones de Julen Rodríguez

DESTINO

Les presento a mi camita.
Mi camita es una dormilona, porque durante
el día siempre está durmiendo.

Mi camita tiene que descansar para poder
cuidar de mí por la noche. Porque cuando
se hace de noche no duerme nunca ni un segundo,
porque siempre está cuidando de mí.

Así que intento dejarla dormir tranquilamente
durante todo el día.

Let me introduce you to my little bed.
My little bed is a sleepy head,
because it's always sleeping during the day.

My little bed needs to rest so it can take care of me
at night. When it's night-time it never sleeps, not
even a second, because it's always looking over me.

So I try and let it sleep quietly
during the day.

Pero, después de comer, me acuesto
para echarme una siestecita.

**Although, after lunch
I do get into my little bed for a little nap.**

Algunos días después
de la siesta despierto
a mi camita y juego
sobre ella con mis muñecos
y muñecas, y ella a veces
me los esconde.

Some days,
after my nap I wake
my little bed up and play
with my dolls on top of it,
and sometimes
it hides them from me.

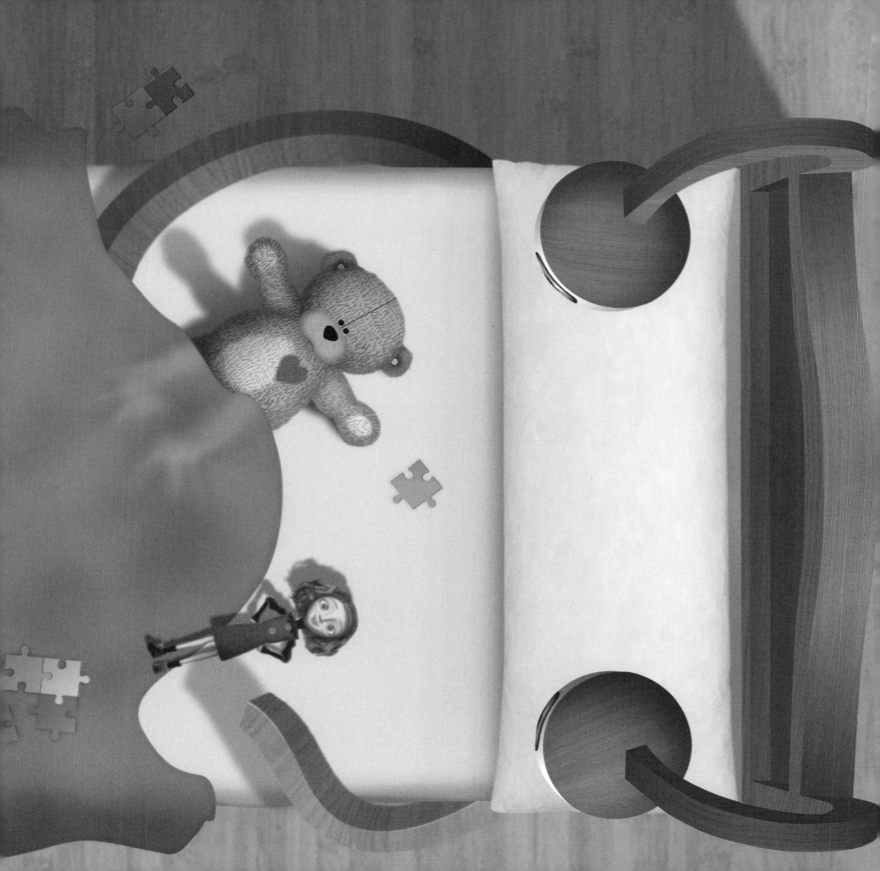

Y a veces me escondo y le digo:
—Adivina dónde estoy.
¡Y ella nunca me encuentra!

Sometimes I'm the one hiding and I ask it:
—Guess where I am.
And it's never been able to find me!

Me gusta contarle a mi camita mis secretos
y ella siempre los guarda.

**I like to share my secrets with my little bed
and it always keeps them.**

Un día salté encima de ella con mi mejor amiga, pero se quejaron los vecinos porque hacíamos mucho ruido y mi mamá se enojó, así que ya no lo hago.

One day my best friend and I jumped on it
but the neighbors complained that we were making too much noise
and my mom got mad, so I don't do that anymore.

¡Pero lo mejor es cuando llega la noche
y mamá o papá nos leen cuentos!
A mi camita le encantan, y se muere
de risa cuando son divertidos.

**But the best thing is when night-time comes
and mom or dad read stories to us!
It cracks up when they're funny,
my little bed loves them.**

O le salen lágrimas cuando los cuentos son tristes.

Or it sheds tears when they're sad.

Y cuando me quedo dormida,
mi camita siempre me arropa.

**And when I fall asleep,
my little bed always tucks me in.**

Mi camita siempre quiere que por la noche apague la luz.
Porque dice que con la luz apagada ella ve mis sueños
como si estuviera en el cine, y que así se entretiene un montón.

**My little bed always wants me to turn the light off when it's dark.
It says that when the lights are out it can see my dreams
as if it were watching a film, and it has a blast!**

Además, mi camita es muy buena y si me pasó
alguna cosa mala durante el día, por la noche se la come.
¡Así no tengo nunca malos recuerdos!

**Besides, my little bed is so very protective, and if anything
awful happens to me during the day, it eats it at night.
That way I never get bad memories!**

Yo siempre tengo sueños bonitos,
pero si alguna vez tengo algún
mal sueño, mi camita me defiende.
¡Y ella siempre los vence!

I usually have nice dreams,
but if I ever have a bad one
my little bed protects me.
And it always wins!

En medio de la noche se convierte en un barco donde tengo sueños bonitos.

In the middle of the night it turns into a ship where I have beautiful dreams.

Nos encanta ir de paseo por la selva.
¡Aunque a veces llueve!

**We love to go for a walk through the jungle.
But sometimes it rains!**

Con mi camita he logrado ir a lugares lejanísimos.

Together, we have been to faraway places.

¡E incluso mucho más lejanos todavía!

And places even farther than those!

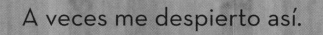

A veces me despierto así.

Sometimes I wake up like this.

Y a veces me despierto así.

And sometimes I wake up like that.

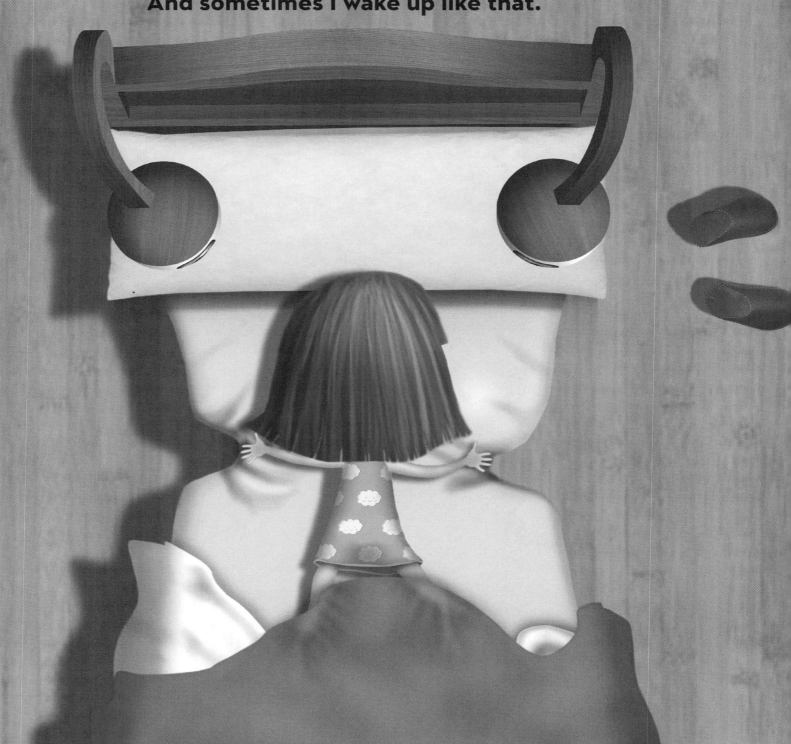

Una vez me fui a dormir a casa de mis abuelitos. Y cuando volví me encontré a mi camita llorando. ¡Me había extrañado tanto!

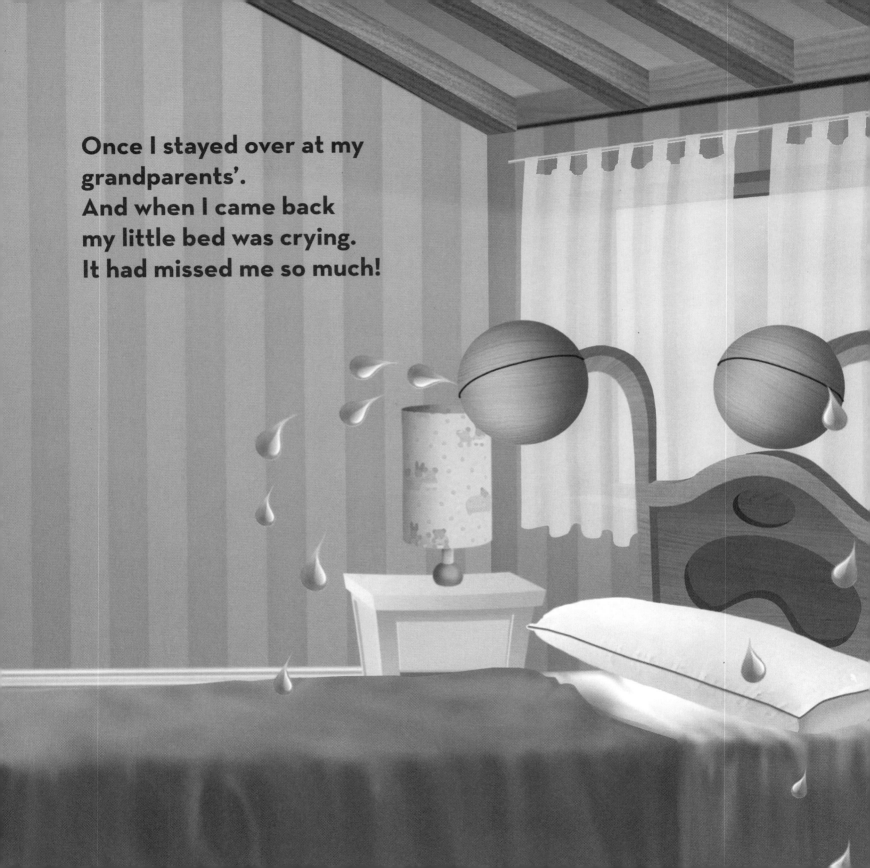

Once I stayed over at my
grandparents'.
And when I came back
my little bed was crying.
It had missed me so much!

Yo, si estoy en casa, siempre siempre siempre siempre duermo
en mi camita. Pero ahora, si me voy a dormir con mis abuelitos,
le dejo al lado nuestros libros favoritos.
Y así se pasa la noche leyendo y no me extraña tanto.

**If I'm home I always always always always sleep
in my little bed. But now, if I stay over at my grandparents'
our favorite books by its side I leave.
And so it spends the night reading instead of missing me.**

Y si alguna vez me pongo malita,
mi camita me cuida todo el tiempo.

**And if I ever get sick,
my little bed takes care of me the whole time.**

Y cuando mejoro,
¡nos la pasamos en grande!

**And when I feel better,
we have a great time!**

A veces, cuando hace una bonita noche,
simplemente contamos las estrellas.

**Sometimes, after dark,
we just stare at the stars and count them.**

¿Has visto a tu camita despierta?

Todas las camitas son mágicas. Pero la mayoría son muy tímidas y vergonzosas y no se despiertan nunca delante de los niños. Aunque nunca la veas despierta, ten en cuenta que por la noche siempre cuida de ti.

Las camitas duermen todo el día, y solo se despiertan por la noche, cuando tú te duermes, para cuidar de tus sueños.

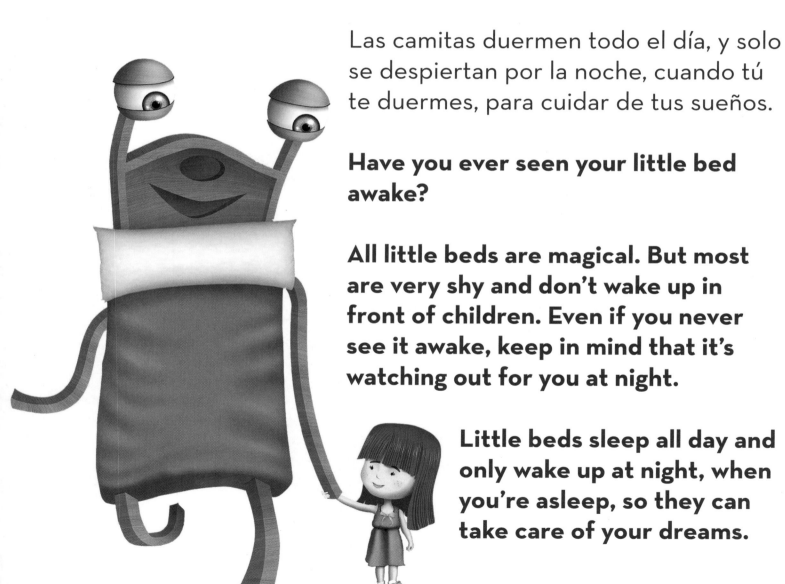

Have you ever seen your little bed awake?

All little beds are magical. But most are very shy and don't wake up in front of children. Even if you never see it awake, keep in mind that it's watching out for you at night.

Little beds sleep all day and only wake up at night, when you're asleep, so they can take care of your dreams.

Cuida de tu camita y ella cuidará de ti

Haz tu camita para que siempre esté hecha y bien bonita.

Mantén limpia tu camita.

¡No comas encima de ella!

¡No pongas los pies sucios ni zapatos encima de ella!

¡No saltes encima! Podrías hacerle daño o estropear su colchón.

Deja dormir a tu camita. Es mejor que durante el día la dejes tranquila. ¡Así por la noche te acostarás con más ganas!

Duerme siempre con ella, nunca la dejes sola por las noches.

Porque ella cuida de ti, ¡pero tú también tienes que cuidar de ella!

Si vas a dormir fuera de casa, deja sobre tu camita tu libro favorito, para que ella pueda leer si tú no estás.

Vete a tu camita todas las noches a la misma hora. ¡Pero antes lávate los dientes!

Pídeles a mamá y a papá que te cuenten cuentos cuando vayas a tu camita. Por ejemplo este libro que habla sobre una niña y su camita.

Y sobre todo, ten en cuenta que tu camita te quiere.

Buenas noches, camita
Clic (se apaga la luz)

Take good care of your little bed and it'll take care of you

Make your little bed so it's always neat and pretty.

Keep your little bed clean.

Don't eat on it!

Don't put your dirty feet or shoes on it!

Don't jump on it! You could hurt it or break its mattress.

Let your little bed sleep. It's best if you let it rest during the day. That way, at night you'll be more excited to go to bed!

Always sleep with it, never leave it alone at night.

Because it takes care of you, but you also must take care of it!

If you're going to sleep over somewhere else, leave your favorite book on your little bed, so that it can read while you're gone.

Get into your little bed every night at the same time. But brush your teeth first!

Ask your mom and dad to tell you stories when you get into your little bed. For example, this book about a girl and her little bed.

And above all, keep in mind that your little bed loves you.

Good night, little bed
Click (lights out)

Haz un dibujo de tu camita y pégalo
en la cabecera de tu camita.

**Make a drawing of your little bed and stick
it on the headboard.**